LA VOIX

DANS LE DÉSERT.

PARIS,

DE L'IMPRIMERIE DE L.-P. SÉTIER.

1817.

LA VOIX

DANS LE DÉSERT.

« . . . . *Since, our eyes*
» *opend, we find indeed, and find we know*
» *both good and evil, good lost, and evil got.* »

LES vœux que doivent former tous les Français pour la prospérité de leur nation, déterminent l'auteur de cet essai à soumettre quelques réflexions, que des écrivains exercés pourront étendre et rectifier, si elles sont jugées dignes d'occuper l'attention du public.

Après les vingt-huit ans de troubles et de vicissitudes, pendant lesquels la France éprouva tous les succès et tous les revers de la fortune inconstante, ce ne sont pas des souvenirs et des ressentimens qui doivent animer les Français, et lorsque la voie du salut est ouverte à la patrie, ne s'élanceront-ils pas au-devant des malheurs dont elle est encore menacée ? Le Solon de la France, le père et l'ami de tous ses sujets, en leur donnant des lois sages et conciliantes, veut ramener le règne d'Astrée ; sa présence a rendu la paix à l'Europe, et, comme le prudent Numa, c'est par la persuasion, et par la crainte des Dieux, qu'il rétablit l'empire de la justice et de la vertu.

La France, semblable au vaisseau échappé à la plus affreuse tempête et soumis encore à la puissance des flots, entrevoit le port qui lui assurera sa tranquillité ; mais des orages se font encore entendre dans le lointain, et ce n'est que sous l'égide de la sagesse, qu'elle recouvrera splendeur et prospérité. Différens partis l'agitent, l'esprit de malveillance a répandu de nouveau ses instigations perfides ; les nations étrangères la contemplent, elle devient le principe de leur union, et son avenir est gravé dans la décadence des empires. Contre le destin qui menace notre patrie, le ciel dans sa clémence envoya un ange libérateur ; suivons les lois qu'il nous commande, qu'elles soient le palladium et le ralliement de tous les Français.

L'avènement de Louis XVIII en 1814 fut marqué du signe de réconciliation, c'est en pacificateur qu'il se présenta, tenant d'une main amie le lys, attribut de notre antique monarchie ; à la vue de sa blanche écharpe, les guerriers du

(5)

nord ont abaissé leur lance, et la totalité de la
France l'accueillit avec transport; elle reconnut
son sauveur et son Roi; il eut le pouvoir de
choisir le sceptre de fer; mais ses sentimens
paternels ne lui inspirant que le desir de faire
renaître l'âge d'or, il dédaigna la toute-puis-
sance, et ses volontés furent manifestées irré-
vocablement. Sa Majesté préféra mitiger son
autorité, en prescrivant un intermédiaire pour
concilier les intérêts divers; elle dicta une constitution, appuyée par l'honneur et par les
sermens; tous les Princes de son sang, et tous
les principaux de son royaume, jurèrent de la
maintenir; elle devint la loi fondamentale de la
régénération de la France. — Les événemens de
1815 remirent notre patrie sur le penchant de
sa ruine; elle pouvait subir le sort de la Pologne,
mais, la providence veillant sur elle, lui rendit
son libérateur; il eut encore le pouvoir de saisir
l'autorité absolue : et ce fut cependant avec les
mêmes modifications, que sa Majesté voulut
gouverner ses sujets; c'est donc avec la plus
entière confiance qu'ils doivent se soumettre
aux intentions du Roi, et participer avec zèle
à l'affermissement d'un gouvernement qui
devient la garantie de l'Etat et de l'indépen-
dance de la France.

Les causes de nos désastres sont assez connues,
les yeux sont désillés, il faut maintenant s'oc-

cuper des moyens de les réparer ; une ligne nous
est tracée ; nous ne devons pas nous en écarter ;
ceux qui s'en éloignent, creusent également le
tombeau qui doit nous ensevelir. Devenons tous
les soutiens du Monarque qui a jugé dans sa
sagesse profonde que, nos mœurs étant changées,
il fallait d'autres lois ; et, à l'exemple d'une nation
signalée dans les fastes de la gloire, que tous les
cœurs s'enflamment au seul nom de patrie ;
hâtons-nous, (il en est tems encore,) de nous
unir, pour la sauver et pour lui rendre son premier éclat !

Lorsqu'Huges Capet parvint au trône, il
pressentit la nécessité de faire des changemens
dans son royaume ; et, pour fixer sa dynastie et
se donner un appui, il associa son fils Robert à la
royauté. Ce principe fut suivi par beaucoup de nos
Rois. Des exemples étrangers pourraient aussi
être cités : Trajan fut déclaré le collègue de
Nerva, et Antonin le pieux éleva Marc-Aurèle à
la dignité de César.

Ne pourrait-on pas, dans la conjoncture présente, imiter ces grands modèles, et puiser dans
les siècles qui nous ont précédé, des matériaux
pour étayer le gouvernement, et le consacrer
à la postérité la plus reculée ? Les droits suc-
cessifs à la couronne, sont l'article qui forme la
base de la charte, ils sont fixés incontestable-
ment, et la moindre étincelle, qui laisserait
apercevoir une autre perspective, nous replon-

gérait à l'instant dans les plus profondes té-
nèbres. Le premier devoir est donc d'éviter tout
ce qui pourrait saper ce premier principe de la
constitution et diminuer la confiance générale.
L'hérédité est marquée indubitablement ; Mon-
sieur, frère de sa Majesté, occupera le trône au
moment où les décrets de l'Eternel l'auront prononcé . . . . . Mais les arrêts immuables pouvant
rapprocher très-successivement les termes de la
vie, la prudence ordonne de prévoir ces époques
fatales où la France doublement éplorée, pourrait
éprouver de nouvelles commotions . . . . C'est
par de pareils motifs que tant de Souverains
associaient à leur empire des Princes dont l'âge
garantissait la tranquillité présente et à venir ,
et donnait au tems, le pouvoir de perpétuer leurs
lois ! . . . La légitimité a désigné la seconde
marche du trône, au gendre du plus vertueux
des Rois, à l'Epoux de la Fille de Louis XVI.
A ce nom sacré, braves habitans de l'Occitanie !
de vos cœurs vous sentez hâter les battemens ;
soudain vos légions sont à ses pieds , et vous
avez eu la gloire d'être les premiers interprètes
de l'amour que nous brûlions de lui exprimer !
Tous les Français ont partagé votre admiration
pour son courage et sa hardiesse ; ils ont frémi
des dangers auxquels il s'est voué pour le salut
de ses amis ; la France admira sa fermeté et sa
constance dans l'adversité, sa fidélité à tenir sa

parole et sa modération dans la prospérité ; sa vaillance avait déjà été signalée dans les camps du Nestor des guerriers ; on avait vu le Prince de Condé présageant en lui l'espoir de la Patrie, l'arracher aux bastions où le retenait sa valeur. Quel Prince, en effet, justifierait mieux que le Duc d'Angoulême la confiance du Roi ?...... animé par les mêmes sentimens et par les mêmes principes, il en est le plus ferme appui ; instruit par l'expérience, il a recueilli les vœux de la nation et réaliserait toutes ses espérances !...... Ce Prince allégeant le poids de la couronne, peu de tems suffit pour cimenter la Charte royale ; les fantômes disparaissent, les nuages s'évaporent, et l'horizon paraît bientôt dans toute sa pureté. — La base première de la Charte se trouvant inébranlable, la constitution s'y adhère d'âge en âge, jusqu'aux dernières périodes du monde !!...... Cet article principal immuablement fixé, tous les autres succèdent très-immédiatement ; toutes les classes de la population retrouvent leur prospérité, une piété éclairée dirige les peuples, le commerce et les arts refleurissent, l'équité reprend ses droits, la France conserve ses limites ; les militaires, amis de la monarchie, forment un rempart sacré autour du Roi, et font revivre cet esprit de chevalerie, l'espoir des Français et l'effroi des malveillans : c'est en vain que leurs agens, voudraient égarer la multitude par d'odieux libelles, ouvrages obscurs de turbulens auteurs qui croyent aller à la postérité par de méchans écrits, après avoir acquis une fâcheuse célébrité par de mauvaises actions ; la saine partie du peuple sait résister à ces insinuations perverses. Nos Princes en parcourant les provinces rappellent ces manières aimables et affectueuses dont l'attrait est irrésistible Le bonheur et la gaîté succèderont aux tristes saturnales révolutionnaires. A peine quelques mois se sont écoulés, et nous jouissons des douceurs attachées à une paix durable. La franchise établie dans les relations d'une politique habile, rendra notre alliance précieuse à tous les Souverains, et bientôt notre patrie sera replacée au premier rang parmi les plus heureux Empires.... Les ministres de sa Majesté, choisis entre les citoyens les plus recommandables, doivent être investis du respect général, et mériter l'estime publique. Si des fonctionnaires se trouvaient en butte à l'opinion, ils ont dans l'antiquité des modèles à suivre :

» Scipion accusé sous des prétextes vains,
» Rendit grâces au Ciel et quitta les Romains. »

La religion redescendue des cieux pour rétablir dans nos âmes le calme, la douceur et la consolation, doit être accueillie avec une sainte vénération ; elle nous reconcilie avec l'Etre su-

prême, et c'est par elle que les portes du ciel
nous sont ouvertes. Les ministres des autels
ayant été institués médiateurs entre Dieu et les
hommes, doivent se pénétrer de toute l'impor-
tance de leur mission sur la terre; ils sont les
régulateurs de nos mœurs, et c'est par une conduite pure, sans tache, irréprochable qu'ils nous
rameneront aux préceptes sacrés de notre divin
Maître, et qu'ils seront eux-mêmes entourés
d'une pieuse considération. — Une aisance in-
dépendante leur est assurée par notre auguste
souverain; ils connaissent le fond de son cœur;
et se soumettant avec humilité à ses volontés, ils
supporteront avec patience et résignation le
fardeau de la vie, jusqu'au moment où leurs
vertus obtiendront leurs récompenses. C'est par
l'exemple d'une piété sincère et d'un désinté-
ressement absolu que la persuasion peut atteindre
des peuples égarés. « Le saint Evêque d'Hyp-
» pone a plusieurs fois refusé des successions
» importantes. Saint François-de-Sales parcou-
» rait à pied son diocèse; il examinait lui-même
» ceux qui se présentaient aux saints ordres et
» n'admettait personne qu'il connût vicieux ou
» ignorant; il disait que l'église n'avait pas tant
» besoin de prêtres que de bons prêtres. » —Un
grand nombre de nos ecclésiastiques ont imité les
vénérables confesseurs; ils ont souffert des per-
sécutions égales à celles de la primitive Eglise;

la privation des biens périssables n'a pu émouvoir leur foi; loin de se prosterner devant l'idole, ils ont fait retentir les temples des louanges du Seigneur, et beaucoup ont scellé de leur sang la vérité de leur doctrine. C'est en s'identifiant à leurs maximes, que les prêtres feront pénétrer la voix de l'Éternel dans les cœurs les plus endurcis, et que, rallumant le flambeau de la foi, tous les fidèles saisis d'un saint frémissement et d'un enthousiasme céleste, s'écrieront: gloire à Dieu au plus haut des cieux !...

La justice est un sentiment religieux; elle était révérée avant les siècles de lumière et réputée compagne de la divinité; ses ministres sont incorruptibles, terribles aux méchans, gracieux aux bons; ils approfondissent les vérités les plus secrètes, et sont l'espérance du faible et de l'opprimé. Quels devoirs n'ont-ils pas à remplir? ils décident de l'existence et de la liberté des hommes, et quelles peines ne mériteraient pas les prévaricateurs? Leur supplice sur la terre fut marquée en caractère de sang, et ils sont responsables de leurs actions aux pieds du juge suprême ! la justice sévère ordonne que ses ministres soient les premiers soumis à ses décrets ; ils sont alors environnés du respect et de la crainte qui conviennent à leur ministère, et ils deviennent les soutiens et les protecteurs des droits des nations.

Les finances devant toujours être adminis-
trées par des hommes intègres et éclairés, s'amé-
lioreront insensiblement , et le tems prescrira
les réglemens à suivre, pour donner à tous les
biens la même valeur ; la mémoire est fatale ,
quand on trouve des exemples auxquels on se
flatterait vainement d'échapper , si le Roi, dans
sa bonté , n'eut pas définitivement prononcé sa
volonté suprème ! Convenons aussi , à notre jus-
tification , que la plupart de ces spéculateurs
étaient étrangers, enfans dénaturés du vertueux
Penn, c'est en corsaires qu'ils ont passé les mers
pour s'enrichir en pirates.—Sans doute il est pé-
nible pour un Prince magnanime de ne pouvoir
satisfaire promptement aux élans d'une équitable
générosité ; mais une stricte parcimonie exige
que l'on satisfasse d'abord aux charges statuées
dans la répartition générale. Les troupes étrangères occupent nos frontières , le nombre des
officiers est hors de proportion avec le cadre de
l'armée , et l'esprit du jour, loin de répondre à
ces hautes considérations , est généralement
dirigé vers le sentiment de l'intérêt personnel ;
chacun veut gagner au retour de l'ordre, et peu
de personnes se pénètrent des moyens de seconder les intentions libérales du gouvernement
et de réparer le déficit d'un système dévastateur.
C'est donc à la sagesse des législateurs qu'il est
réservé de faire oublier les maux passés et d'af-

fermir la tranquillité acquise par de si funestes épreuves; l'amour de la patrie est certainement leur premier sentiment, le bien public est leur seul but et l'esprit de Solon animera cet Aréopage où l'âme de Caton dictera des arrêts dignes du patriotisme de l'ancienne Rome et des beaux jours de la Grèce. Puissent les Députés, plus citoyens qu'orateurs, rivaliser de zèle pour seconder les desseins du Roi, et assurer les droits d'une justice distributive! Représentans, la France vous écoute, l'Europe vous contemple; ne laissez à vos successeurs que le soin de maintenir le repos que vos travaux leur auront assuré!....

Des hommes sortis des rangs avec éclat, ont mérité les dignités qu'ils occupent; ils revendiquent la gloire d'avoir défendu l'état, et si nous avons obtenu quelques momens rapides d'une splendeur passagère, ces triomphes ont coûté assez cher, pour avoir le droit d'en conserver le souvenir; ces braves guerriers, devenus les dignes émules des Catinat, des Fabert et de tous les noms les plus célèbres, seront aussi les plus fameux appuis de la monarchie; ils nous ont tendu la main en signe d'alliance éternelle, et, quel est le Français qui ne se précipiterait pas sous leurs drapeaux parsemés de fleurs de lys? resteriez-vous dans l'inaction, illustres chevaliers, qui avez si noblement sacrifié votre fortune, vos emplois, pour vous réunir à cette croisade, qui compta le Roi et les Princes rangés sous son auguste bannière ?... L'héritage de vos ancêtres est divisé, la charrue sillonne la place où fût votre antique donjon , qui avait résisté à tant de siècles ; mais on n'a pu vous ravir ce caractère de loyauté et d'honneur, éternelle devise de vos armes ; et vous serez encore les plus fermes soutiens du trône, dont vous fûtes les plus intrépides défenseurs vous répéterez au monarque ce que , dans des tems semblables, vos aïeux disaient à ce Roi auquel la postérité a confirmé le titre de sage, ainsi qu'à notre grand Béarnais : « Sire nos » cœurs sont à votre majesté, distribuez les » bienfaits à ceux dont il faut payer les services, » la noblesse sait également mépriser la vie et » dédaigner les richesses !... »

Un tribut d'admiration est dû à la conduite courageuse d'un sexe qui électrise nos âmes, les élève et nous dirige vers les sentimens d'honneur et de délicatesse. C'est à vous, sexe charmant, que nous devons le bonheur et la vie, vous connaissez votre empire et toute l'étendue de notre reconnaissance ! vous savez aussi que la discorde peut vous être soumise, hé bien ! n'agitez pas ses serpens ; abandonnez l'antre de la politique , quittez, quittez les attributs de Pallas, ne conservez que la branche d'olivier à laquelle vous joindrez un lys ; suivez cet enfant, les jeux et les ris marchent sur ses traces, il vous couduira dans ces bosquets de myrthes, à ce temple où voltigent les plaisirs et les grâces, vous y êtes attendue, vous y régnerez à jamais, et nous prosternant à vos pieds, nous vous offrirons de cœur et d'âme, notre encens, nos hommages et notre amour. ...

Ce faible appendice ne peut renfermer un développement qui serait au-dessus des forces de l'auteur; je n'ai point le raisonnement persuasif du génie du christianisme, le fils de Fingal ne m'a point prêté ses sons harmonieux, c'est l'accent de la vérité, c'est le cri de la douleur qui retentissent du fond de mon âme, à la vue des maux de ma patrie, à l'aspect des malheurs suspendus pour la précipiter dans l'abime....

www.ingramcontent.com/pod-product-compliance
Lightning Source LLC
LaVergne TN
LVHW010105060726
842524LV00006B/2335